W0239578

Edition Korrespondenzen
Christoph Wenzel

der hof, das feld ist eine hirnregion, deren bewirtschaftung
sich nicht mehr lohnt, gelähmt sind die bewegungsmelder
hinter dem ortseingangsschild ist stillgelegt der weg zurück
in pastorale szenen: ein rudel jugendlicher motorroller,
die kommunion der kinder an der eisdiele, es gratuliert
der schützenkönig höchstpersönlich zum wiederaufstieg
in das anspruchsvolle abece der kreisligen, ein segen
ist das für die jugend, die sparfächer im dorfkrug und
die bildergalerie der jecken, schützen, heldenhaften kegel-
brüder, kartoffeln vom erzeuger und amateurfilme auf you-
tube: ein vergessenes gedächtnis, diese letzte jacke
an der garderobe

Christoph Wenzel

lidschluss

Gedichte

Edition Korrespondenzen

nummernschilder

WO GENAU LIEGT HARTSPANN, dieses dorf im gelände?
zwischen zufahrtsstraße, wirbelsäule, schulterblatt,

von hier aus blickt man: auf den schongang
verspannter landschaften, die haltungsschäden
der krüppelkiefern. man grüßt sich auf dem weg
mit einem nicken, einem knacken der sehnen,

eine nackensteife haltung, die man hier findet,
wenn man sie sucht. ansatz, ursprung, was
nicht alles muskel sein kann: ja, herz, zwerch-
fell, aber seele, hirn, das elternhaus

am rande? du hältst den kopf so schief, ein träger
säulenheiliger, der atlas, der sich nach einer
schonung sehnt, eine lichtung, die du siehst,
das nervöse leiden nadelnder bäume,

spaziergänge, die das weichbild massieren,
die flur, den trapezius, die siedlung bis hin
zu den physiotherapeuten, die das dorf einrenken,
gemeindegrenzen überdehnen, psychiatrien

in den oberzentren, orthopäden, die kartieren,
was dir fehlt: die rautenmuskulatur der seiten-
straßen, das skelett der letzten fach-
werkhäuser, alles facharztpraxen jetzt,

von radiologen. kontrastmittel nach feierabend,
die schnäpse, das bier, die relaxation, das
ist hartspann, das dorf, die schlichte diagnose

MÜDE, DIE KÜHE, fleckig, die trikots,
von der weide schleichen die spieler,
die köpfe nur handbreit
über der grasnabe, unentschieden,
ob sie sich freuen: das torlose
remis zwischen den zäunen, eine
hängepartie, die ins land ging
ohne highlights. nach dem schluss-
pfiff fällt im wald
ein schuss, der siegtreffer,
ein erlegter rammler oder ein fuchs

DER LEUCHTTURM SCANNT DIE KÜSTE AB, den horizont, die kimm,
und weithin sichtbar sind die köpfe, die birnen am strand, sonnen-
brände zweiten grades über tage schon gereift: die kinder, kinder,
die gestreiften bäuche, busen in weiß-rot, die gebückten bunker
in den dünen, die male der zerrüttung, in den shops, das sind
die echtheitssiegel handgemachter souvenirs, das bier vor ort
hat einen nachgeschmack wie senf, am pril die enten quatschen
einen von der seite an, am abend kirchenglocken, tagesschau,
du hast zu nah am meer gebaut und deine augen liegen jetzt
sehr knapp schon unterm meeresspiegel, und sie ertrinken

DIE LUFT IST EINE KLARE BRÜHE. der wind
dreht sich verfroren um den letzten hund, trägt
eine coverband bis in dein ohr. nachts singen noch
die mähdrescher (luxusliner im getreide). nach dem regen
dienen leere blumenkästen als weihwasserbecken.
ein wagen schottert vorbei. auf jedem zweiten acker
wächst der mais. ein windrad dreht die x-te warteschleife.

verdächtig ist DAS FREMDE NUMMERNSCHILD, das nachbarhaus,
das unverklinkert, versehentlich wird der sportplatz um-
gepflügt, der bauer verpachtet für ein einkaufszentrum
seine wiesen, schön trostlos soll es bitte sein, die gicht-
finger der birn- und apfelbäume, die orte, die nicht
ausgeschildert, fleischtransporter, bundesstraßen,
ein entwässerungsgraben zwischen mais und mais,
die kriechströme der datenrate, und der wildwechsel
lädt langsam nach, spaltenweise kommt der regen
in die gegend, man sieht ihn schon von weitem, und
manchmal weint der wind so bitterlich

WENN WIR VON WESTFALEN REDEN, verfallen wir am telefon
in unser altes idiom und schalten um, *gebirg und fläche*
in der stimme, eine trostlose gegend unsere gespräche.

wenn wir von westfalen reden, sind wir dabei fast stumm
und fangen oft an aufzuzählen. *wenn wir von westfalen reden,*
sind wir schon lange nicht mehr hier und schauen online
in die oberliga, rhynern oder herne, sonntagmittag, 15 uhr,
bratwurst, bier, der kleine spediteur als hauptsponsor
auf der tribüne: *der einzige adel westfalens.*

wenn wir von westfalen reden, schwimmt unser druschblick
in getreideseen, dann sind wir nice to meat, während
die *elite der viehzucht, schwere ostfriesische rasse,*
übersättigt wiederkäut.

wenn wir von westfalen reden, weilt die droste auf schloss heessen
und schläft so schön in reclam-heften auf den hinterbänken
eines landschulheims. in der klasse *die burschen glühen wie öfen*
und fiebern hin aufs *schützenfest, zum teil der ironie wegen.*

wenn wir von westfalen reden, sehen wir *das allmähliche verlöschen*
des grüns hinter den ohren, *fast betäubt vom geschmetter*
der zahllosen singvögel, die in den spundwandigen herzen randalieren.

wenn wir von westfalen reden, verfallen wir am telefon
in unser altes idiom: *das unbehagen, das ein schläfriger fluss*
immer erzeugt, unser schüchternes flüstern: *das bellen*
des sich an seiner kette abzappelnden hofhundes.

für Adrian Kasnitz

die GRÖSSE DER FERIEN ist unermesslich: die länge
einer busfahrt mit durststrecken und der wuchs
eines bartflaums für eine reise durch landschaften
wie kopfschmerzen ländliche lücken im streckennetz
schnecken auf der fahrbahn und alles ist endlich:
das taschengeld die großen pausen das gelände
des schulhofs und selbst die noch weißen flecken: nichts
als zahnpasta auf deinem polohemd

Zwischen Hamm und Hamm-Uentrop befindet sich ein Schwein auf der Fahrbahn. (WDR-Verkehrsmeldung)

und immer wieder ZWISCHEN HAMM UND HAMM-
uentrop: halbe lieder unterbrochen vom verkehrsfunk
geht im rückspiegel ein kindskopf auf: *gefahren*
durch personen eine wanne kinder auf der straße und
am kanal hocken camper im schatten: der kühlturm
und das heimweh in den augen – überall wird jetzt gebaut
und auf dem rücksitz schlägt ein herz im stau vaters stimme
ist ein kraftwerk und mutter dreht am radio: *zwischen hamm*
und hamm-uentrop befindet sich ein schwein auf der fahrbahn

spielplatz, abends, am kamp

die jäuster ziehen hektisch an den zichten,
sie blicken skeptisch, mütter schleichen
um den platz herum, ein dummer spruch,
der boden hier ist septisch, seit jahren
wachsen kippen, scherben aus dem sand,
und aus dem holz das unkraut hier am kamp,
sie lachen sich die wut ins fäustchen, die
jäuster, und stehen um die platte: harte
debatten wie ein rückschlagspiel, ihr
programmierter ärger in den augen, kron-
korken im abendrot und vom schaukeln
ein noch schwankend herz, vom karussell
ein drehwurm, der noch anhält bis nach haus
zum abendbrot mit mutters dick mit
spätem licht bestrichnen kniften

Im Nichts hausen die Fragen.
(Ernst Meister)

IM NICHTS HAUSEN die fliegen und phrasen
in der schänke im nichts hängen augenblaue
pflaumen im schnaps im nichts sucht man nach
erben für die großen streuobstwiesen und findet
nichts als kartoffelbauern und landflucht im nichts
braut sich was zusammen hier kratzt schon der zweite
stock an den wolken im nichts tragen die raststätten
flurnamen und die flurnamen spinnweben im nichts
sind die kühe und enten so einsilbig und im nichts
trägt man ohnehin sein herz unter der zunge
also bitte bitte: sagen sie jetzt nichts

WESTFALEN WIEGT SCHWER, hier,
heißt es, lagert das lachen
bei den kartoffeln: kühltrocken
im keller. man verzichtet ganz
gern auf die krümmung der erde
u. kippt einen klaren mit blick
auf die beckumer berge

~

maisfeld, acker, stacheldraht,
wiese, flure, gegend, dung:
DIESE GEOGRAPHISCHEN FLECKEN, westfalen
passt auf eine kuhhaut

~

von SCHWARMINTELLIGENZ ist die rede
von letzten bienen kranichen kaninchen
ein dörfliches umfeld ländlich wo die halme
und kolben vom wind schwärmen und ein
vereinsamtes ross schnauft wie der anlasser
einer motorsäge

~

AM FELDRAND ACKERN die jungs
ihr reifenprofil ins münsterland:
abendliche kornkreise, ein dosen-
stich, ein flaschendreh vor den
prepaid-partys spucken sie trocken
ihr phlegma auf den boden, den frucht-,
den furchtbaren

das schwarzbuch die farbfotos

I

ES WAR GEWESEN: die blätter welkten
rußschwarz ins frühjahr dazu sommers dürre
lichtausbeute: *der himmel war nun einmal*
ausverkauft und *sonne gab es nachträglich*
vom faß die brandt-reden unterm dunst übers
blaue des nachts ist der himmel rot wie eine glut-
orange im garten wird das risiko mit feuchtem
finger in der luft geschätzt: im schlotschatten
hängt die wäsche heut im keller wo das grau-
gemüse wie verkohlt – herne und wanne und
nebenan ist wieder einer: weg vom fenster

II

HERBST WAR IM WINTER: der schnee staubt
wie kohle: ein schichtwechsel auf dem rasen
aus kunststoff die tulpen aus polyester wachs
oder gummi auf die faust gibts ein eis und eisen
nistet in den bronchien an kneipentischen wird
geraucht wie draußen: rachitisch der atem milchig
die fenster der laube – ein fossiles obstspalier: pig-
mente und gespenster vor den gardinen liefern
die tauben luftproben im heimatschlag ab

III

DRECKSKERLE: der vadda und sein sauberjunge
(*diese kröte*) wie sie beide kauen am revierlack
und am tabak wie sie fördern den rollhusten
zum mundloch zu den zähnen: alles grauskalen in
legenden die man sich in den kauen erzählt und
ausspuckt: kohlegrus und *klümmchen* halb
gelutscht wie der *lorenz* durch die wolken glänzt
und nach der wäsche auch das pils mit licht versorgt

IV

PACK DEINE BROCKEN EIN: das schwarzbuch
die farbfotos das skatblatt über den schad-
atlanten reißen jetzt die wolken auf – ein kahlkopf
wird er (noch werden) die frisur hat der *jaust*
vom fritz dessen husten staubig dessen lohntüte
eine schnapsspende war man kloppte karten hatte
kröpper oder *duwen* unterm dach und mindestens
einen splitter im bein der wanderte und kannte
das wetter zwei tage im voraus

V

GRILLWETTER: die (holz-)kohle weiß bereits
das fleisch wird gelöscht mit *export* – worauf
es hinausläuft: aufs zechen aufs prellen und
(wenn man so weit gehen will) aufs sterben
die zwischenstände werden ~~jetzt~~ frequent
im radio gemeldet (eine akute *abstiegs-*
gefahr) und übers wochenende werden die finger-
nägel noch mal richtig sauber bevor man wieder
angreift *jetzt gehts los* im westen eine woche
ohne ende: in händen ein stück kohle vom besten

VI

PARIS PALERMO PELKUM – oder:
von hinten durch die brust ins auge
das dauert (zwei mal) eine halbe ewigkeit
und kostet: *richtig asche* in der nachbarschaft
hört man sie johlen beim pöhlen der torschütze
kommt mutmaßlich aus pusemuckel (polen)
und hat schwielen an den händen und den sohlen
auf der straße (sagt man) liegt die kohle: man muss
sie nur noch in den keller schaufeln

VII

wir treffen uns um acht IM LEICHTEN BIERANZUG
wir trinken frisches felsquellwasser damit
löschen wir den brand im kehlenschacht wir
tragen das leder vor dem arsch bei der nacht
und haben eine haut wie pauspapier: *blaue striche*
von der kohle eingeätzt – schwarze ringe
um die augen um die nase eine blässe glänzend
margarine in den haaren und immer frisch geduscht
wir teilen das brot miteinander und *saufen schnaps*
und bier im verein im verein husten wir und quarzen

VIII

eisen lumpen und papier: DER PITTER
und sein pritschenwagen leiern vor der tür
liegt ein dementes fahrrad im windschatten
ernten die kinder für entleerte konserven
die hoffnung auf einen groschen (*kleinvieh
macht auch mist*) und folgen dem atmen
der lahmenden flöte vom band: – ins stammhirn
eingebrannt bis weit in die 90er jahre

IX

es geht wieder BERGAUF nach dieser
durststrecke gleich drei mal in folge
1. konkurs – los mein täubchen (lauf und)
kauf uns eine pulle schaumwein beim konsum
am montag konstatiert der *sportteil lokal* daneben
ein bild vielleicht von luftboten und rennpferden
in der strecke räuspert sich der steiger: *komm*
wir gründen eine schlaggemeinschaft

X

DIE ZECHE WAR EIN ALTES MASS und jetzt
die rechnung bitte – wir sind abgebrannt:
auf halde nur das katzengold und gruben-
socken so *manch guten kameraden deckt*
schon längst der grüne rasen oder diese
wolkendecke matte wetter auch bei feier-
schichten ein würfelspiel am kneipentisch
und draußen orgelt ein kadett und springt
und springt und springt nicht an

VON WEISWEILER TRASSEN nach weißgottwohin,
langerwehe, überspanntes land, ein kleines möbelhaus,
zwei gleise, hier am rand von inden, hambach, funkloch,
seit ein paar wochen ist alles wie immer, neuerdings
stimmt der fahrplan wieder bis auf 15 minuten,
samstags, sonntags sitzen girls und rauchen
am bahnsteig, schreiben sich kurznachrichten
in die stammbücher, warten wie sonst auf nichts,
in der luft liegt wasserdampf und ein gewitter:
letzte landmarke von weisweiler, die felder
dazwischen, raps, raps, raps und mais

der boden unter den füßen

den verschwundenen dörfern
im rheinischen braunkohlerevier

I

weißkohl-, wirsing-, möhrenfelder, letzte ernten und
ein stoppelbild, mit igelschnitt, so geisterten die jungs hier
rum, kickten bälle in die fremden gärten, knickten flieder,
brombeer, buchsbaum, diese feldspieler im abseits, und das tor
bleibt wie vernagelt, vor der tür steht ein vertreter, unter-
händler, breitet angebote auf der wachstischdecke aus: lukrativ
sei der vereinswechsel ins nachbardorf und ohnehin
geht hier bald alles vor die hunde, eh man sich versieht,
fällt man in ein großes loch: und *wenn wir hier schon nichts
gewinnen, treten wir euch wenigstens den platz kaputt*

II

linksaußen: niederaußem. ein turm, ein kraftwerk und ein fuchs
brennt durch ins unterholz, die fensterscheiben haben sich
ein sanftes kölnisch umbra aufgelegt, denn *unser dorf*
soll schöner werden, kiesweg, bürgersteige und die ausweitung
verkehrsberuhigter zonen auf die schlafzimmer, den zubringer
zur autobahn, unter flutlicht wird immer weiter abgebaut,
hell erleuchtet ist die zukunft und die abwehrreihe bringt
die letzten aschenflechten mit vom sportpark, *nun ist nur noch*
meine mutter hier und wartet auf den umzug der familiengruft,
ein eingerollter teppich wacht am straßenrand, der boden
unter unseren füßen:
eine gegend, die mit der gegend nichts zu tun hat

III

der hof, das feld ist eine hirnregion, deren bewirtschaftung
sich nicht mehr lohnt, gelähmt sind die bewegungsmelder
hinter dem ortseingangsschild ist stillgelegt der weg zurück
in pastorale szenen: ein rudel jugendlicher motorroller,
die kommunion der kinder an der eisdiele, es gratuliert
der schützenkönig höchstpersönlich zum wiederaufstieg
in das anspruchsvolle abece der kreisligen, ein segen
ist das für die gegend, die sparfächer im dorfkrug und
die bildergalerie der jecken, schützen, heldenhaften kegel-
brüder, kartoffeln vom erzeuger und amateurfilme auf you-
tube: ein vergessenes gedächtnis, diese letzte jacke
an der garderobe

IV

die trümmerbirne pendelt aus, die kirchenglocken hängen ab,
trächtig sind die apfelbäume, mit sonnenbrand liegen die kirschen
im gras, gartenreste kippeln an der absturzkante, und
in den kellern leuchtet schwach im glas das obst der letzten,
allerletzten jahre, alles wie bestellt und noch nicht abgeholzt:
der maibaum und ein parkplatzschild, die stolze ampel und
ein briefkasten mit flaschenpfand, gestapelt wird das sturmholz:
die stieleichen, verkehrszeichen, hier kennt noch jeder jede linde,
jeden stammhalter persönlich, ungelenkig lehnt ein besen
an der wand, erbschaften im hauseingang, scherben zu haufen,
wie braunes, trockenes laub

V

jeden tag ist sonn- und feiertag, die wach- & schließgesellschaft
passiert auf ihrer kaffeefahrt die kuchenreste einer häuserzeile:
wüstungen, wohnungen, die formatierten speicherplätze, erd-
geschosse, elternhäuser (*hinter dem klinker, da schlafen noch zimmer*),
die verschlusssachen: die fenster, die türen, das sperrholz,
die mieten der zuckerrüben, nagespuren, vorbei an mauerresten,
zaungästen, an kriegsgebieten, treppenhäusern, am horizont
das neue flussbett der A44, vorbei an waschbecken und plünderkindern,
an lichtschaltern und kabelenden, an der ruine einer einbauküche, vorbei
an der vitrine für ein öffentliches telefon, an den gerüchen eines pferde-
apfels und an den gerüchten von der späten wiederkehr der altkennzeichen

VI

das land liegt wie ein mottentuch, der lochfraß in dem alten garten-
kittel, wie eine häkeldecke liegt der schnee noch ungebügelt
auf dem acker, dünnhäutig sind sie geworden, die dickhäuter
im dorf: sechs tage in der woche gibt es fleisch und was während-
dessen wuchert sind gerüchte, unkraut, der krebs in schaukelstühlen,
pflegebetten (sie reden von *versorgungssicherheit*), es liegt kein strom
mehr auf der leitung (*ein kilogrammstück kohle, das ist ein fernseh-*
abend), abgeklemmt sind zufahrtsstraßen, dachantennen, am galgen
zieht sich der heimatpfleger hoch: der ausblick aus dem fenster
ist noch haltbar bis zur nächsten, übernächsten schneeschmelze: das radio
läuft dauerhaft, damit man glaubt, wir sind zu hause,
denn zu hause sind wir, ja

VII

wir lasen die landschaft wie bücher, paukten bauernregeln, übten
den schulterblick, drehten kurz vorm werksgelände ab, unser abitur
war der führerschein mit 17, die schleichwege zur schule, die bus-
verbindung unser vaterunser, wir gingen, so ironisch, auf den scheunenball,
füllten uns ab mit *garzweiler flächenbrand*, wir sind die landjugend,
hochbegabt und eingetrübt, wir wuchsen mit der grube, sie liegt uns nah
am herzen, wir umrunden im kreisverkehr den eigenen blick, der dorfrand
eine variable größe, wir sind flüchtig, legen keinen wert auf unsere quellen
in der dorfchronik, unser grundbucheintrag, das ist fluxuskunst, das ist
realismus, wir ziehen in die städte und wir fliegen aus zu den terrassen,
beobachten den restsee wie er aufgefüllt, vielleicht betreiben wir
auch eine gärtnerei am niederrhein

VIII

in den vorgärten husten die männer, der atem: eine schwere
maschine, das rentenalter ist ein kraftakt, landmarken, die rauch-
säulen der meiler stecken das revier ab, verkohlt sind die fossilien,
die dörfer mit den alten rodungsnamen, und im altdorf wird der letzte
hof verstromt, der dom (wie man die zu groß geratne kirche rief),
es riecht hier noch nach vieh, es glänzt das prisma alter apfelsorten
in den augen, alles bodenproben, biopsien einer gegend, die gewesen,
die blüten treibt im erdreich neuer vorgärten, verpflanzt ist das gedächtnis
in den blumenkasten

radioaktive wölfe

I

grundschüler, jungwölfe, instabile kerne, wie
sie brannten darauf, raus ins kraut zu schießen,
beschleunigte teilchen, kollisionen auf dem schulhof
als belohnung. die dreifaltigkeit des pausentons, wir
unterbrechen die laufende sendung, die kettenreaktion.
wie sie heulten, havarierten, wie am fenster der blick
des lehrers verweht. sind wir noch vollständig? wir zählen
bis zum letzten durch: geiger, müller, einer ist krank,
der andere fehlt unentschuldigt

II

der spielplatz vor der tür ist eine geisterstadt,
1:23 h, stillstand auf dem ziffernblatt,
die gangdauer des riesenrads, ein uhrwerk,
über dem ortseingang von prypjat drehen
bussarde die runde, hunde, ein, zwei, drei busse
halten auf den straßen, die fast wälder sind.
adrenalinreisende, ausgewildert in das zauberhafte
habitat: die zerfallsreihen der großwohnsiedlung,
wo die kernarbeiter und familien in den betten
oszillierten. ein autoscooter und ein volksfestplatz,
drei zimmer, küche, bad, die brutkästen für puppen,
fibeln, welpen, eine zuflucht für verfolgte, wölfe
spielen am »kulturpalast der energetiker«,
von hier aus sichtbar ist der sarkophag: *absolut*
hinreißend, die erfahrung für jeden abenteurer,
pfadfinder, spielkinder, die bewohner und
die nuklearen exkursionen in den stadtkern,
betonierte gegend, dörfer, fotodokumentationen

III

as slowly as possible: vierundzwanzigtausend jahre,
das langsamste konzert der welt in halberstadt
ist noch zu schnell, die halbwertszeit, das herz
im sichren einschluss, es überschlägt sich hier
und schellt auf schritt und tritt: ein dosimeter
in der brust, das heult und lockt die wölfe,
die sirenen, sie senden: an die forscher, die
wie wölfe denken, an die handlichen empfangs-
geräte: *radio detection and range*, ein router
für ein rudel, das zerfällt. der puls geht schnell
entlang der fährten, sobald wir eins der tiere orten

IV

fallout: schwerer regen, milch und frischgemüse,
alles wird vom wind bestrichen, spargel, blattsalat,
die dünnbesiedelten gebiete: evakuiert sind die kind-
heiten zu hause, die geisterdörfer um den reaktor
freilichtmuseen, der wald, die alten ängste der menschen
vorm wolf. im morgenrot schimmert in den schilddrüsen
das jod, ein schmetterling, der blütenduft: die testaments-
eröffnung alter obstgärten, ein vitales biotop, das hier
noch lebt und tobt unter radionukliden

V

die beste zeit, die zone zu besuchen:
tschernobyl, anfang mai, ende april
bringen die wölfe ihre welpen zur welt,
bilder, die man nie vergisst, pferde
ohne reiter, biberdämme, sümpfe
sind zurück *in europas wildester wildnis,*
bis wir einen finden, einen wolf im dorf,
treiben antioxidantien in der luft: amsel,
rauchschwalbe und kohlmeise, *tschernobyl*
hat seinen charme zu jeder jahreszeit

VI

world's unique place to visit, etwa eine million
invasionen pro jahr, verstrahlte dachtraufen
um die verlassenen gebäude, ein fall für die deko,
ein kandidat fürs welterbe, *denen, die die welt
gerettet*, dass man sich ja nirgendwo mehr festhält,
anlehnt, dass man einen bogen macht um all das:
auch moos, zum beispiel, ist sehr gefährlich, es zieht
die strahlung aus dem boden. überall sind diese
hot spots, da springt die nadel gleich in den extrem-
bereich, alles konzentriert sich auf das moos,
nur noch auf moos

VII

am checkpoint endet das gepflegte land,
die schraffierten flächen sind kontaminiert,
die baumstämme brennstäbe, spalt-
produkte. der rote wald von sechsundachtzig
ist heute wieder grün, ein sperrgebiet so groß
wie luxemburg.
                                        wir sehen tonnenschwere storchen-
nester, feuerwachtürme sind die höchsten bäume
der zone, seeadler nisten darin, paare, *wie sie das*
verkraften, weiß man nicht, sie zeigen aus dem orbit
einen wolfsriss an, observieren, was passiert:
ein wildschwein, dachse, bären, die bäume binden
weiter: strontium, plutonium,
                                                                        unweit der meiler: zeit-
fenster, sperrangelweit, die wildnis strahlt
im kühlwasserbecken blüht das leben: zwei meter
große welse, eine sirene in der nähe: ihr geheul,
der wolf, er lebt nicht mehr, er lebt hier umso mehr
im vergleich zum referenzgebiet

VIII

an dieser pinie hat ein wolf markiert,
ein leuchtendes beispiel, eine meute
hat sich die region erobert, die alte
kornkammer der sowjetunion, wald-
bedeckt, die vegetation hat bisons,
luchse, wölfe wieder eingesogen.

vor dem supergau hat man sie hart bejagt,
bevor sie rauschen konnten, reißen, jetzt
streifen riesige rudel durch die schwemm-
gebiete, siedlungen, in der sperrzone
die kritischen massen, radioaktive wölfe.

inzwischen traben sie in einer engen bahn,
verwunden den boden unter den krallen
mit herzförmigen handtellerballen. kette
und schuss, aura und spur, teil einer summe:
zählt man nach, zerfallen sie, in alphatiere,
betaweibchen, gammawölfe, die sich wieder
neu zusammenraufen, stabilisieren.

im rudel schnüren die tiere, setzen
ihre pfoten in die trittsiegel des vorderwolfs,
als folge man der spur
eines einzelnen tiers,

bis sich die fährte plötzlich aufteilt und zerstreut:
in fährten, isotope. am ende der kette: ionen,
ein omegawolf, der prügelknabe, erosionen

IX

in verschlägen, kleinen hütten vermuten wir den nukleus
und finden: *ein wurf wölfe im kartoffelkeller*, ihre ladung
ganz neutral und positiv, wir umkreisen sie und arbeiten
mit mundschutz für die forschung: zu groß ist die gefahr,
verstrahlte haare einzuatmen. wir schauen dabei ständig
auf die uhr, wenn wir die wolfstiere besendern,
immer streng im blick: das bestrahlungslimit im zenit,
diese verdammte dosis, wir radioontologen

x

schlüsselarten, drosselbisse, elchknochen, gesplittert.
wo der wolf lebt, ist der wald gesund, und wo die spatzen
zwitschern (nachkommen von flüchtlingen aus kolchosen,
kombinaten), bessern bauarbeiter winterschäden
auf der straße zum reaktor aus

fundbüro

gegen abend AM ALTGLASCONTAINER geben wir die flaschen auf
wie briefe; wir vergessen schnell die hinterbliebenen, deckel, korken,
schraubverschlüsse, *sie glauben an die wiederauferstehung*, an eine
zyklische geschichte;
                    wir haben die einwurfzeit zu weit nach hinten ausgedehnt,
es ist uns peinlich, wenn jetzt jemand mithört, wie das glas zerscherbt,
unsre hochgezognen schultern sieht im flaschenkorb; natürlich
treffen wir nachbarn, aus versehen, wir erben die gerüchte, speisen sie
in den wertstoffkreislauf ein, so wiederholen sie sich, wir uns,
wir zerreißen briefe für das altpapier, wir sehen dem pfandflaschen-
archäologen bei seinen sondagen zu, die abendsonne will nicht mehr,
dass man sich entscheidet zwischen weißglas- und buntglasbehälter

HINTER DER KLAPPE AM BARSCHRANK wohnte der geist in den flaschen,
keramikfigürchen vor den spiegelfliesen, kartenspielen, jahrgänge
weit vor meiner geburt, ein günstiger whisky, kirschwasser und der aufgesetzte,
das zeremoniell verlangt die aussetzung der bierdeckel aus dem tabernakel,
in der küche wartet noch ein schnaps im eis, die gäste werden angesichtig
der kredenz, es wird aufgetischt, getafelt: erdnüsse, aus scherz-
gläsern in die hohle hand gegossen, gesplitterte kartoffelchips, mitten im palaver
rutscht die pilstulpe vom tisch, verstreute blütenblätter auf dem teppich,
der aufsaugt: blumenwasser, bierreste, es ist spät geworden und *der kurze*
muss jetzt ab ins bett, mit den prozenten, promillen, pinnchen werden
die geschichten reicher, die worte karger, bis die klappe schließt und
in der dunkelkammer leuchtet: der eierlikör, die williamschristbirne,
der morgen danach, das waren die zeiten des gelsenkirchener barock

IN DER EINBAUKÜCHE thronen die ölgötzen auf dem regal, oliven,
sonnenblumen, wie gemalt, muskatnuss, safran, curry im gewürz-
fach die so seltnen erden, feldspat, quarz, das weiße gold
der esszimmer, heute aber, kinder, gibts kein schaugericht, es gibt
grünkohl, braunkohl, hausmannskost, mit pinkel, bregenwurst, dazu
ein fragmentarisches gebet aus suppennudeln vor dem hauptgericht,
am löffel haften unsre augen, bis am tellergrund ein muster sichtbar wird,
ach, wie die ornamente schmecken, das bier dazu ist eine echte perle,
rollt schiefrund ab am gaumen sind wir bodenständig und der absacker
auf ex, *das* ist unser amen

DIE FIBERGLASROUTEN unter der stadt, ein junges bodendenkmal
aus dem holozän, hier laufen lichtleitkabel, aus quarzglas ganze
muskelstränge. *als raum-zeit-struktur ist der boden ein vier-
dimensionales system*, im humus gären die geschichten, die
feldlinien der dorfgemeinschaft, ein frühes w-lan, social network.
ist schon gemessen worden: die übertragungsrate von gerüchten,
ihre halbwertszeit, die reibungsverluste? wir halten jedenfalls
zusammen, ob wir uns verstehen oder nicht, halbwegs intakt ist:
die nachrichtentechnik, der mailverkehr und flurfunk, damit kitten wir
die brüche, beim bäcker, beim friseur, beim wiedersehn am altglas-
container, das ist volksprosa, das sind legenden, die immer größer sind
als alle wahrheit, hier wächst was, hier kocht was, hier besteht
seit immer schon eine erhöhte vernetzungsgefahr

wir brauchen SPEICHERPLÄTZE
für die ganzen datenmengen: umzugskisten,
schuhkartons, gebrauchte einmachgläser

aus dem keller, circa zwanzigtausend
scherben, zweiundachtzig kilogramm, sag mir:
wie viel gigabyte fasst dieser stick,

wie lang dauerte ein festmahl im barock?
wie viel pixel hat das puzzlespiel? wir beginnen
mit der clusterung, lesen stimmzettel aus und

schreiben die findbücher neu, wir folgen
der grammatik von glas und baukeramik.
wir sind dabei, sind mittendrin und außen vor,

wir stellen die verbindung her, zum adel,
zum barock, und jede scherbe eine zeiteinheit, ein chip,
in dem es tickt; was wir isolieren: fingerabdrücke,

biographien und fiktionen, wir programmieren
mosaike, machen uns ein bild vom ganzen,
ein split screen ist das bruchstück

einer fensterscheibe, datiert auf 1652, *the medium*
is the message, fragmentiert die blackbox, unsre augen,
das sind speicherplätze, optische datenträger

WIR SIND EIN FUNDBÜRO, ein kommissariat, wir sind puzzlespieler und fakire, *we are walking on broken glass*, wir sind briefmarken- und insektensammler, wir sind architekten, archäo- und ornithologen, wir sind maler, feger, pinsler, wir sind temponauten, mönche, biographen, biologen, wir sind kreuzworträtsler, exegeten, bibelstecher, trödelhändler, epigraphiker und dechiffristen, numismatiker, botaniker und dendrologen, wir sind zahnärzte, kartenleger, kartenleser, wir sind taucher, hochseefischer, landvermesser, wir sind forensiker und fliesenleger, fensterputzer, koch und kellner, wir sind phonetiker und pathologen, wir sind quincy, wir sind linguisten, osteologen, eremiten, wir sind briefträger und programmierer, wir sind notare und juristen, kleriker, steiger, hauer, sauberjungen, wir sind markscheider und quacksalber, wir sind chroniker, chronisten

WIR SITZEN FEST AM TISCH, heben becher, humpen, vielleicht
haben wir bei trinkspielen zu tief ins glas geschaut, zu bruch
geht hier und da ein pinnchen, ein gerücht; wenn man uns fragt,

haben wir davon gehört, geheime gänge
unterm hof, die verknüpfen uns wie teppichfäden, wie
neuronenstränge, die zusammenlaufen, bis zum stadtgraben,

zum kloster, bis zum stammtisch; für einen abend monatlich
sind wir hier brüder, eine meinung trinken wir uns an, ein klischee knallt
auf den tisch wie eine faust, und einer geht noch, wein auf bier,

oder ein likörchen, das geht schön ins hirn, die kegelbahn ist reserviert
für nächsten mittwoch oder donnerstag, wir rauchen pfeife, zigaretten
vor der tür, mit unsren nasen blüht barock die phantasie:

wir glauben an den bau, an ein system von: verschwörungen, verführungen,
an die üppigkeit vergangener gelage, wir haben schließlich ein geschichtsbild,
sein gesicht, glasige augen, die schwach leuchten

sleep.exe

I

DER MOND IM FENSTER IST EIN PIKTOGRAMM,
du klickst es an und das programm (*sleep.exe*)
läuft ab in phasen, wechselnde wellenlängen,
in denen das hirn sich wiegt. die erzählungen
der nervenzellverbände sind noch ungenau, figuren
tauchen darin auf, wie eine stubenfliege, die den schlaf
ansteuert und verschwindet. ein pop up ist der mond
und ein werbeblocker diese wolkendecke. der mond
hat manchmal eine aura und ist immer: oppositioneller

II

DIE NACHT HAT ACHT STUNDEN (wenn's hoch kommt)
und viele fenster auf kipp: wie mondlicht-
kollektoren, deine augen, unvollständig ist der lidschluss
der vorhänge: zwischen den hirnhälften balanciert
der halbmond auf dem balken, eine lichtschranke,
mangelhafte verdunkelungsstoffe (*flämische falten*)
und in die augenbrauen eingenäht: ein kräuselband

III

SCHLAFMASKEN UND TARNKAPPEN: deine strategien
gegen lichteinfall. du verschwindest hinter dem visier,
verborgen bleibt dein schlafzimmerblick, denn *deine augen*
sind so scharf, dass niemand hineinsehen kann: in HD
werden bilder und filme gestreamt: jamais-vu, ich sehe was,
was du nicht bist, ein update spielt sich auf und sagt *come on*,
du musst dein verschwinden ändern

IV

ein MITSCHNITT IM LIDSCHATTEN und dein versuch,
die chronik wiederherzustellen, wie *mond und gedächtnis*,
der schlafverlauf im cache gelöscht. ständig neue such-
anfragen der pupillen im hirn: meinten sie *schlacht / schlaf / scharf?*
während du den schäfchen erzählst von der schlafbank,
verbringst du die nacht im gelände zwischen fenster und tür,
schläfst ein und amtest aus

V

DEIN RAPID EYE (*ganz diskursiv*) im paradoxen schlaf,
dein ach so schnelles auge tastet das gelände ab,
ein scanvorgang: landschaften wie kindheiten
mit steckdosenlicht am ende des tunnels. dein atmen
verzeichnet einen raumgewinn. du hast dein kopfteil
aufgestellt (gegen *heart burn* at night) und leicht geneigt
der erdball, die augäpfel und die dachschräge. lunarstrom
for the dark sight of your eyes und: für dein nachtlichtgerät

VI

TO FALL ASLEEP: die drift nimmt zu. tempus fugit, wie
die schläfen fließen. du beneidest meinen schlaf.
in leichten schwarmbeben drehst du dich laufend hin
und her. größere festplattenverschiebungen finden
im hintergrund statt, für eine neue ordnung, für notizen
mit unbekanntem speicherort. (*deine handschrift, hieß es mal,
sei ein seismogramm*). nicht vieles fällt dir zu: die tür
im durchzug, und ein schneller schlaf nach langen jahren

VII

EIN UNTERSCHIED WIE 1001 NACHT: dein falsches erwachen
ist eine erzählung mit erfundenem quelltext (*false-
awakening.doc*): das gewäsch von gestern verliert sich
in den logfiles der traumphasen, im unlesbaren quellcode
eines wiegenlieds. du setzt das passwort zurück (*open
sesame*) und es öffnet sich der posteingang: dein herzhirn
ist ein heilloser briefkasten, darin alle gedichte als *gelesen*
markiert. von draußen überlädt ein gewitter den flash-
speicher und *im traum wird geschlafen*

VIII

du hörst: DIE SCHALTSEKUNDE des weckers. die
ungenügende statik deiner schlafarchitektur. ein haus
wird abgerissen in der nachbarschaft, was jetzt
einbricht: *construction work bothering you* und dahinter
in den mondlichtgärten blühen augenringe, tränensäcke,
diese nachtschattengewächse. du legst schmale blicke
an den tag (so wie du aus der wäsche guckst) und
hast dir falten ins gesicht geschlafen. im lidschlitz
die eilmeldung von sonne und serotonin

ANMERKUNGEN

WENN WIR VON WESTFALEN REDEN

Die kursivierten Passagen sind den »Bildern aus Westfalen« der Annette von Droste-Hülshoff entnommen.

ZWISCHEN HAMM UND HAMM-uentrop

Im Stadtteil Hamm-Uentrop befand sich an der A2 der THTR 300 (Thorium-Hoch-Temperatur-Reaktor), ein sog. Kugellagerreaktor. 1989 kam es zur Stilllegung, heute befindet sich der Reaktor im ›sicheren Einschluss‹ und wartet auf den Rückbau. Der damals höchste Kühlturm der Welt wurde 1991 gesprengt.

das schwarzbuch die farbfotos

Im Bundestagswahlkampf 1961 forderte Willy Brandt: *Der Himmel über dem Ruhrgebiet muss wieder blau werden.*

Sauberjunge: schmächtiger Grubenjunge, oft eingesetzt für Handreichungen od. zum Räumen von Strecken und Schächten. | *Lorenz* = ruhrdt.: Mond.

Jaust: im Hammenser Idiom ein Bengel | *Kröpper, Duwen*: Tauben.

Paris, Palermo, Pelkum = sprichwörtl. einen großen Umweg fahren. *Pelkum* ist ein stark vom Bergbau geprägter Stadtteil in Hamm/Westfalen. | *Posemuckel*: dt. Name zweier Dörfer der Gemeinde Babimost (PL).

Arschleder: schützt den Hosenboden des Bergmanns vor Durchwetzen sowie vor Kälte und Nässe. | *sie tragen das Leder vor dem Arsch bei der Nacht / und saufen Schnaps, und saufen Schnaps*: aus dem Steigerlied. | *blaue Striche von der Kohle eingeätzt*: aus Heinrich Kämpchens »Bergmannsmale«. Kämpchen war ein Bochumer Arbeiterdichter.

Pitter: Schrott- und Lumpensammler.

Konkurs: im Brieftaubensport Zeitraum zwischen Eintreffen der ersten und der letzten Taube sowie die jeweilige Platzierung in der Ergebnisliste. Die Konstatieruhr misst den Ankunftszeitpunkt, *konstatiert* ihn.

Beim Stellen von Bergwerksrechnungen war *die Zeche ein altes Maß*, das die Erträge eines Hochofens oder einer Hütte bezifferte. | *Manchen guten Kameraden deckt / schon längst der grüne Rasen*: aus einem Gedicht von Ernst Germann zum 50. Jubiläum der Zeche Sachsen (Hamm-Heessen).

der boden unter den füßen

Das Rheinische Braunkohlerevier ist das größte seiner Art in ganz Europa. In den Tagebauen Inden, Hambach und Garzweiler wird hier massiv landschaftsverändernd Braunkohle gefördert, die in umliegenden Kraftwerken verstromt wird. Insgesamt mussten im Rheinischen Revier bislang mehr als 50 Ortschaften dem Kohleabbau weichen, d. h. die Bevölkerung wurde umgesiedelt und es entstanden zwischenzeitlich Geisterdörfer, die schließlich geschleift und abgebaggert wurden.

eine gegend, die mit der gegend nichts zu tun hat variiert Jürgen Beckers Verse »eine Gegend, die / eine Vorstellung erzeugt, die mit der Gegend / nichts zu tun hat«.

in den vorgärten husten die männer: nach Jürgen Becker: »in den Vorgärten hustend die Männer«.

radioaktive wölfe

»Radioaktive Wölfe« ist ein Dokumentarfilm von Klaus Feichtenberger aus dem Jahr 2011, der sich etwa ein Vierteljahrhundert nach der Reaktorkatastrophe von Tschernobyl mit der Flora und Fauna in der verstrahlten ehemaligen Sperrzone befasst. Dort ist mittlerweile u. a. eine große Wolfspopulation mit zahlreichen, riesigen Rudeln zu verzeichnen.

Längst bieten auch einige spezialisierte Reiseanbieter ihren Kunden Trips nach Prypjat an.

Der Gedichtzyklus zitiert an verschiedenen Stellen O-Töne aus dem Dokumentarfilm sowie Web-Auszüge aus dem Angebotstext eines der Reiseanbieter.

as slowly as possible: Das Musikstück ORGAN²/ASLSP (ASLSP = as slow as possible) von John Cage wird seit 2001 in Halberstadt als langsamstes Musikstück der Welt aufgeführt. Es dauert 639 Jahre.

denen, die die Welt gerettet: Auf einem den verstorbenen Liquidatoren gewidmeten Denkmal in Tschernobyl steht die Inschrift: »Denen, die die Welt gerettet haben!«

Deko: kurz für Dekontamination.

fundbüro

Unter dem Falkenhof in Rheine, einem alten, westfälischen Adelssitz, wurde 2003 bei Baggerarbeiten ein unterirdisches Kanalsystem entdeckt, dessen Funktion bis heute nicht gänzlich geklärt ist. Zudem fanden sich dort u.a. etwa 21000 Scherben aus der Zeit des Barock, die Aufschluss geben über das Leben der damaligen Hausherren. Mit diesen archäologischen Funden setzt sich der Gedichtzyklus auseinander.

sleep.exe

deine augen / sind so scharf, dass niemand hineinsehen kann: Vom Siegfried des Nibelungenliedes heißt es in der altnorwegischem Thidreks Saga sowie in der isländischen Volsunga Sage: »seine Augen sind so scharf, dass niemand hineinsehen kann«.

im traum wird geschlafen: nach Paul Celans »Corona«.

construction work bothering you: nach Tom Waits' Song »In the Neighborhood« (»and there's always construction work bothering you«).

Die Gedichte GRÖSSE DER FERIEN; ZWISCHEN HAMM UND HAMM-uentrop; *spielplatz, abends, am kamp*; IM NICHTS HAUSEN; WESTFALEN WIEGT SCHWER; DIESE GEOGRAPHISCHEN FLECKEN; SCHWARMINTELLIGENZ; AM FELDRAND ACKERN sowie der Zyklus *das schwarzbuch die farbfotos* erschienen zuerst in:
Christoph Wenzel: weg vom fenster. Gedichte. Roterfadenlyrik – Edition Haus Nottbeck. Vorsatz-Verlag, 2012.

Der Zyklus *fundbüro* erschien zuerst in:
Nora Gomringer, Christoph Wenzel, Dagmara Kraus: schERBEN. Literarische Texte zum Erbe der Morrien. Hg. v. Mechthild Beilmann-Schöner und Susanne Schulte. GWK und Falkenhof Museum Rheine, 2014.

INHALT

Originalausgabe
© Edition Korrespondenzen, Reto Ziegler, Wien 2015

Gesetzt aus der Eureka
Umschlag: Leif Ruffmann
Gesamtherstellung: Interpress, Budapest

Die Handschrift auf Seite 3 ist ein Autograph des auf Seite 41 abgedruckten Gedichts.

Dieses Buch erscheint mit freundlicher Unterstützung von

gwk Gesellschaft zur Förderung der Westfälischen Kulturarbeit e.V.

KUNST STIFTUNG NRW

www.korrespondenzen.at

ISBN 978-3-902951-15-1

Kurt Aebli

Tropfen

Gedichte

Ein Glockenton, die schweren Tropfen des Schneeregens – von einfachen, unauffälligen Dingen handeln Kurt Aeblis Gedichte, von auf Spaziergängen zufällig Vorgefundenem: ein laubgelber Gehweg, ein erfrorener Wasservogel, oder von Alltäglichem: die grellen Stimmen der Stadt, der liebevoll zärtliche Umgang der Zugreisenden mit ihrem Mobiltelefon. Doch Aebli sieht die Dinge in ungewohnter Weise neu. Seinem offenen, nichts Bestimmtes suchenden Blick zeigt sich im scheinbar Vertrauten das Unvertraute. Und im Entdecken des noch nie Gesehenen sieht auch der Betrachter sich neu.

Knapp in der Form, kein Wort zu viel und keins zu wenig, bringen diese Gedichte die Beobachtungen und Reflexionen präzise auf den Punkt – lakonisch, melancholisch und mit großer Leichtigkeit.

… eine unaufdringliche, präzise und vergnügliche Wahrnehmungskunde.
Martin Zingg, *Neue Zürcher Zeitung*

Originalausgabe
120 Seiten, Hardcover, fadengeheftet, mit Lesebändchen
ISBN 978-3-902951-04-5 € 18,00

Barbara Köhler

Neufundland

Schriften, teils bestimmt

»Ungesuchte Funde werden ja oft glückliche genannt«, schreibt Barbara Köhler zu Beginn von *Neufundland* und macht sich auf, um »zu finden, was man nicht schon weiß. Herauszufinden, was das Unmögliche ist.«
Ausgehend von realen Orten wie London, Duisburg oder Neufundland, von Örtlichkeiten und deren Wörtlichkeiten, Namen und Geschichte, sind ihre Texte immer auch Reisen in einen Sprachraum (»ins Deutsch-Land«). Oder sie queren die Räume anderer Texte, erkunden deren U-topografie: Gregor Samsas Zimmer etwa und die Reise aller Reisen, Homers Odyssee.
Unterschiedliche Genres sind in diesem Buch versammelt: neben Reiseberichten auch Essays, Reden und Betrachtungen. Immer aber geht es um Poesie, jene »Kunst der kürzesten Wege und größten Distanzen von Wort zu Wort«. Das Poetische zeigt sich in *Neufundland* als größtmögliche Exaktheit einer Sprache, die nicht Aussagen über anderes macht, sondern dem Anderen Bewegungs-, Denk- und Existenzmöglichkeiten einräumt. Eine Sprache, die und mit der man nicht mehr beherrschen kann, aber mit der und die mit sich reden lässt.

Dass wir vom Dialogischen in Köhlers Sprechen aufs Feinste inspiriert werden und dabei den ›boden unter den füßen‹ verlieren, um ihn an anderem Ort neu zu finden, macht den intellektuellen Reiz der Schriftstücke aus.

Carola Wiemers, *Deutschlandradio Kultur*

Originalausgabe
260 Seiten, Hardcover, fadengeheftet, mit Lesebändchen und CD
ISBN 978-3-902113-90-0 € 24,00

Petr Borkovec

Liebesgedichte

Aus dem Tschechischen von Christa Rothmeier

Die Eule ist wach, wenn die übrigen Tiere schlafen. Sie lauscht und lauert. Sie sieht dasselbe, wie die anderen bei Tag, nur verinnerlicht, umnebelt, erweitert um die Dunkelheit. Petr Borkovec hat immer unverwandt geschaut und gestochen scharf geschrieben. In den *Liebesgedichten* schaut er anders. Er tritt näher heran, gibt Kontrolle und Distanz auf und findet sich in die Komplexität einer Welt verwoben, die nur in präziser Unschärfe zu fassen ist. Er zeichnet sorgsam, koloriert und vertont etwas, das fester Umrisse entbehrt und unter den Händen entwischt. Die Koexistenz von Garten, Tieren und Familie werden dem Dichter zu Bildern, die einander berühren und sich überblenden. So entsteht ein intimes Familien-Tagebuch, das eine veränderte Haltung gegenüber der Welt bezeugt. An die Stelle von innerer Unstetigkeit sind Gelassenheit und Zuneigung getreten. Es sind Liebesgedichte, die nicht hymnisch die Liebe beschwören, nicht sich selbst in der Liebe feiern, sondern ein gemeinsames Schauen zulassen, durch das ein Gleichgewicht möglich wird.

Etüden der Weltzärtlichkeit.

Ilma Rakusa, *Neue Zürcher Zeitung*

Tschechisch/Deutsch, übersetzt von Christa Rothmeier
152 Seiten, Hardcover, fadengeheftet, mit Lesebändchen
ISBN 978-3-902951-08-3 € 21,00